L'ANESSE ET LA LUNE,

OU

LE PROCÈS POUR RIRE,

DRAME

EN UN ACTE ET EN VERS.

DEUXIÈME ÉDITION.

A NISMES,

CHEZ J. B. GUIBERT, IMPRIMEUR DU ROI.

1825.

L'ANESSE ET LA LUNE,

OU

LE PROCÈS POUR RIRE ;

DRAME

EN UN ACTE ET EN VERS.

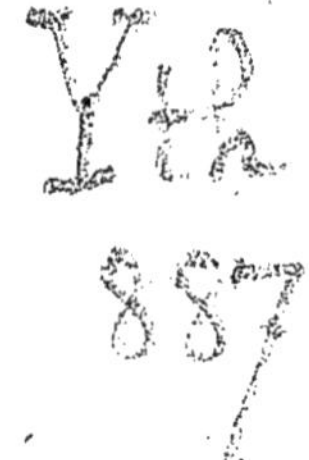

L'ÂNESSE ET LA LUNE,

OU

LE PROCÈS POUR RIRE,

DRAME

EN UN ACTE ET EN VERS.

———

DEUXIÈME ÉDITION.

A NISMES,

CHEZ J. B. GUIBERT, IMPRIMEUR DU ROI.

———

1825.

PRÉFACE.

Il n'est guère de petite ville qui n'ait contre elle quelque tradition populaire, née d'une plaisanterie locale. Une anecdote fort singulière sur la ville de LUNEL, avait donné lieu à trois de ses habitans de faire, sous le titre de l'Éclipse de Lune, quelques scènes en vers. Ayant pu disposer de cette bluette spirituelle, il me prit fantaisie d'essayer d'y mêler de l'amour, d'en refaire le plan, de la mettre véritablement en scène ; enfin je l'augmentai de deux tiers à peu près, non sans mettre à profit les avis de quelques personnes éclairées.

Cette pièce est, comme on le voit, l'enfant de la multitude. Mon seul but, en la publiant, est d'amuser un instant les lecteurs, surtout mes compatriotes les Lunellois d'aujourd'hui, en leur racontant une plaisanterie d'autrefois.

ÉDOUARD C-M.

PERSONNAGES.

————

Le Maire (l'histoire n'en a pas conservé le nom).

Brid'anon,
Paragraphe,
Sapience,
Bachara,
Consuls-Adjoints.

Griffon, *Greffier.*

Par-Parenthèse, *Procureur-syndic de la communauté.*

Pintade, *Avocat.*

Brouillonneau, *Clerc de procureur, amant de* M.lle Du-Hasard, *fille de Par-Parenthèse.*

————

La scène se passe à Lunel, dans la grand-salle de l'hôtel de ville.

Nota. Quoique la pièce ne soit écrite qu'en un acte, on peut aussi la jouer en deux, en finissant le premier avec la scène dixième.

L'ÂNESSE ET LA LUNE,

OU

LE PROCÈS POUR RIRE,

DRAME EN UN ACTE ET EN VERS.

SCÈNE I.

LE MAIRE, BRID'ANON, PARAGRAPHE BACHARA, SAPIENCE.

LE MAIRE.

Consuls de ce canton, adjoints de ma puissance,
Bachara, Brid'anon, Paragraphe et Sapience,
Vous n'êtes pas venus, sans doute, à mon appel,
Sans avoir déjà pris du Muscat de Lunel ?
Pour moi, plein de terreur, j'ai, contre mon usage,
Oublié de manger...... Quel funeste présage !...
Mais pour vous raconter plus au long mon effroi,
Je vais m'asseoir ; vous tous, Messieurs, imitez-moi.

Un songe.... (me devrais-je inquiéter d'un songe !)
Entretient dans mon cœur le tourment qui le ronge.
Hier, j'étais couché, lorsque sonna minuit,
(Vous savez qu'à Lunel on se couche la nuit) ;
J'étais enseveli dans un sommeil paisible....
Soudain s'offre à mes yeux un spectacle terrible :
Tous les mâts du canal deviennent des cyprès ;
Des fantômes hideux se promènent auprès ;

L'onde battait les bords avec un sourd murmure ;
Un désordre effrayant régnait dans la Nature ;
Bref, je tremblais..... pourtant je ne suis point peureux.
Quand le ciel, se couvrant de voiles orageux,
Achève d'éclipser un reste de lumière ;
Dans cette obscurité j'entends.... un âne braire !
La scène change alors : Là, sont des ossemens ;
Ici, du sang, des chairs, des lambeaux palpitans ;
Puis, de chiens affamés une troupe amaigrie
Sur ces horribles mets se jette avec furie.....
Mes sens ne pouvant plus supporter le sommeil,
Je m'éveille, me lève et mande le conseil.
Que pensez-vous, Messieurs, d'un songe aussi terrible ?
Commencez, Bachara.

BACHARA, *se levant, avec dignité.*

Le cas n'est pas risible. (*Il se rassied.*)

LE MAIRE.

Paragraphe, parlez.

PARAGRAPHE.

Pour trois raisons, Monsieur,
Nous devons redouter quelqu'horrible malheur.
Primò, de tous nos mâts cette métamorphose
Prédit pour le commerce une fâcheuse chose ;
Secondò, le braiment de cet âne irrité
Dit malheur au conseil de la communauté ;
Tertiò, ces lambeaux et ces chairs palpitantes
Annoncent, suivant moi, des choses.... surprenantes.

BRID'ANON.

Lorsque César, ce roi d'un peuple souverain,
Vit trancher ses beaux jours par un fer assassin,

Lorsque des conjurés, monstres nourris dans Rome
Au milieu du Sénat frappèrent ce grand homme,
Le soleil par trois fois pâlit au haut des cieux,
Par trois fois il voila son disque radieux,
Voulant par-là montrer aux enfans de la terre,
Qu'ils avaient irrité le maître du tonnerre.
Or, là-dessus, Messieurs, plus nous réfléchissons,
Et plus, comme je vois, nous nous embarrassons.
Imaginez le ciel, les rivages et l'onde;
L'éclair qui disparaît et la foudre qui gronde;
Puis le vent, puis la grêle, et la soif et la faim;
Le vin en eau changé, l'eau qui se change en vin;
Les rochers, les étangs, les forêts, la tempête;
L'obscurité, le jour, le soleil qui s'arrête;
Le volcan qui vomit sur le globe agité;
Et la peste et la guerre, et la captivité;
Puis, la mort tout à coup qui viendra nous étreindre.
Voilà *tout justement* ce que je vois à craindre.

(*Chacun fait ici des signes d'étonnement.*)

Sapience, *au maire, d'un air mystérieux et le
menant sur le devant de la scène.*

Mais cet âne, Monsieur, quelle était sa couleur ?
Était-il noir ou blanc ?

Le Maire.

Il était gris, Monsieur.

Sapience.

Gris ?

Le Maire.

Oui, gris.

SAPIENCE.

Quoi! gris?

LE MAIRE.

Gris.

SAPIENCE.

Gris, dites-vous?

LE MAIRE.

Gris, dis-je.

SAPIENCE, *ébaubi.*

Tant pis!

LE MAIRE.

Pourquoi tant pis? votre tant pis m'afflige.

SAPIENCE.

C'est qu'on m'a toujours dit qu'il est pernicieux
De rêver, dans la nuit, un âne gris.

LE MAIRE, *effrayé.*

O Dieux!

SAPIENCE, *d'un air capable.*

Un tel âne, dit-on, ne brait jamais sans cause;
Un âne gris qui brait annonce quelque chose!

BRID'ANON, *à lui-même.*

Je l'avoûrai, cet âne a troublé mes esprits.

PARAGRAPHE.

Moi, je crains, pour ma part, tous ces chiens amaigris.

SAPIENCE.

Si nous avions ici monsieur Par-parenthèse,
Peut-être son savoir nous mettrait-t-il à l'aise ;
Mais le voici, je crois, il vient à point nommé.

LE MAIRE.

Non, Messieurs, c'est Griffon, ce greffier renommé.

SCÈNE II.

Les précédens, GRIFFON.

GRIFFON, *tout essoufflé*

Place, place, Messieurs...; un prodige m'amène....;
Oui, je l'ai vu, bien vu...; c'est plus qu'un phénomène.

LE MAIRE.

Qu'est-ce donc, qui si fort vient d'émouvoir vos sens?

GRIFFON.

Pour vous le raconter, il faudra bien du temps.
Par où commencerai-je?

SAPIENCE.

Oh! c'est donc bien terrible?

GRIFFON.

C'est bien plus !

BRID'ANON.

Qu'est-ce enfin?

GRIFFON.

Une chose impossible.

BACHARA.

Un procureur a-t-il refusé de l'argent?

GRIFFON.

Oh! c'est bien autre chose.

PARAGRAPHE.

Un secret important
A-t-il été gardé long-temps par une femme?

GRIFFON.

Cela n'est rien encor.

LE MAIRE.

Expliquez-vous.

GRIFFON.

Et dame !
Le moyen, quand on est tout en émotion ?

BRID'ANON.

Un huissier a-t-il eu de la compassion ?

GRIFFON.

Eh ! non.

SAPIENCE.

Un honnête homme aurait-il fait fortune ?

GRIFFON.

C'est pis, vous dis-je, pis.... un âne.... a bu la Lune !

LE MAIRE, consterné.

La Lune, dites-vous ?

GRIFFON.

Oui, la Lune, vraiment.

SAPIENCE au Maire.

C'est votre songe, hélas !

LE MAIRE.

Souvenir effrayant !

(Ici chaque membre du conseil, plein de consternation, s'enfonce silencieusement dans son fauteuil, et Griffon seul reste debout pour faire son récit.)

GRIFFON.

A peine nous sortions des portes de la ville,
Devant nous notre ânesse allait d'un pas tranquille.
L'astre des nuits (c'était deux heures du matin),
Guidait Par-Parenthèse et moi dans le chemin.
Au hasard nous avions abandonné la bride ;
L'ânesse se plaisait à brouter l'herbe humide.
Un ruisseau tout à coup, nous barrant de ses flots,

Du trio voyageur a troublé le repos,
Et des cris effrayans sortis du pont *des ânes*,
Semblaient dire en patois : *N'approchez-pas ; profanes* !
Du baudet attentif le crin s'est hérissé,
Jusqu'au fond de nos cœurs notre sang s'est glacé !....
Cependant le bruit cesse, ainsi que notre crainte ;
L'ânesse suit du mors l'indicative étreinte,
Et nous passons ce pont si célèbre à Lunel,
Ce pont qui s'est acquis un renom immortel.
Non loin, vous le savez, est un lieu solitaire
Qu'ombragent des cyprès, vieux enfans de la terre.
Le doux bruissement que forment leurs rameaux
Nous invite à goûter un instant de repos.
Là, près d'un arbre assis, nous rêvions en silence.
L'ânesse cependant vers le ruisseau s'avance ;
Pour apaiser sa soif elle va s'y jeter,
Quand par un juste effroi je me sens agiter :
Notre ânesse.... *Grands Dieux* ! *faut-il à la mémoire*
Consacrer le récit de cette horrible histoire !...
Dans l'onde elle avait vu la lune se baignant,
Et buvait à longs traits cet astre transparent (1).

Brid'anon.

Elle buvait la lune !

Griffon.

Oui, la lune elle-même.

Brid'anon.

Elle buvait la lune ! ah ! quel malheur extrême !

Sapience.

Le ciel pour la punir d'une telle action

______

(1) Griffon a tort : la lune n'est pas transparente ; mais pourquoi ne le croirait-il pas, quand il s'imagine qu'elle est potable ?

Lui donnera sans doute une indigestion
Et de la Lune ainsi nous rendra la lumière.

LE MAIRE.

Mais a-t-elle avalé la Lune tout entière?

GRIFFON.

Il n'en est pas resté le plus petit morceau.
Aussi le ciel, privé du nocturne flambeau,
A-t-il été long-temps dans une nuit profonde:
Je n'ai d'abord rien vu, ni l'ânesse, ni l'onde.
Cependant je crois voir (effet de la terreur !)
Un fantôme..... c'était le syndic-procureur,
Qui, se levant soudain, tout pâle de colère,
S'empresse à ramener l'animal vers la terre,
Le prend par le licou, le tire, fait effort;
L'animal est revêche et tire à l'autre bord;
Parenthèse tient bon; mais l'ânesse plus forte,
Après de longs débats, sur le maître l'emporte.
Le mors plie.... et se rompt!.... mon ami renversé
Dans la courroie, hélas! se trouve embarrassé!....
Vous riez!.... Eh! quoi donc, le fait doit-il surprendre ?
Dans les filets d'un âne on peut se laisser prendre.
J'ai vu, Messieurs, j'ai vu notre syndic mâté
Se relever confus, de sa chûte éreinté.
Il me voit, il m'appelle, et le cœur plein d'alarmes:
« Mon ânesse, dit-il, me coûtera des larmes.
« Le ciel n'a plus de Lune ; un malheur aussi grand,
Quand il sera connu, peut exiger du sang.
Cher ami, si le peuple apprenant cette histoire
En voulait dans le sang éteindre la mémoire,
Dis-lui, dis-lui qu'au moins il épargne le mien.
A ces mots il me quitte, et moi, j'accours soudain,

Déplorant dans mon cœur la perte de la Lune,
Vous apprendre, Messieurs, la publique infortune,
Et m'acquitter ici du malheureux emploi
Dont mon ami tremblant s'est reposé sur moi.

LE MAIRE.

L'ânesse paîra cher sa coupable incartade !.....
Mais, qui vient nous troubler ?

PARAGRAPHE.

C'est l'avocat Pintade.

SCÈNE III.

Les précédens, PINTADE.

PINTADE.

Quoi ! vous restez en paix ! Et tout le peuple, instruit
Que depuis ce matin l'on n'y voit plus la nuit,
Prêt à monter en foule à la maison commune,
Demande à cris perçans qu'on lui rende la Lune.
Si vous n'arrêtez pas le cours de sa douleur,
Ce jour éclairera quelque nouveau malheur.
Pourquoi n'avez-vous pas appelé la coupable ?
Pourquoi vous endormir sur ce crime exécrable ?

LE MAIRE.

De votre voix, Monsieur, modérez les éclats ;
Car vous voyez très-bien que nous ne dormons pas.
Griffon, par un valet mandez-nous cette ânesse ;
Ne vous méprenez pas, donnez-en bien l'adresse.
Vous, Messieurs, suivez-moi. Sortons tous de ces lieux
Pour tâcher de calmer un peuple furieux.

(*Griffon reste seul.*)

SCÈNE IV.

Griffon seul.

Que faut-il que je fasse en pareille occurrence ?
Dois-je faire venir l'ânesse à l'audience,
Et par-là du syndic augmentant le malheur,
Au lieu de ses bontés provoquer sa fureur ?
Non, sauvons son baudet, protégeons sa famille ;
C'est un moyen bien sûr pour obtenir sa fille.
Elle ne m'aime pas, je le sais ; mais enfin
Ne puis-je de son cœur me frayer le chemin ?....
L'ânesse n'a failli que par brute ignorance.....
En la servant, je suis l'appui de l'innocence ;
En ne la servant pas, j'ai trop de cruauté,
Et je sais qu'il est beau de suivre l'équité.
Brouillonneau cependant me trouble et m'inquiéte.
A ma belle, dit-on, il fait tourner la tête.....

SCÈNE V.

GRIFFON, PAR-PARENTHÈSE.

Par-parenthèse.

Ah ! te voilà, Griffon. Écoute seulement
Et tâche d'apaiser mon horrible tourment.
Qu'il est d'écueils, mon cher, au fleuve de la vie !
Je ramenais chez moi mon ânesse chérie,
Espérant la sauver des publiques fureurs ;
Mais l'espoir, tu le sais, trahit souvent les cœurs.
Comme elle franchissait le seuil de notre porte,
D'insolens factieux une impure cohorte
Me l'enlève et s'enfuit. L'écho dans le lointain
Répète ma douleur, et la répète envain.

Je m'élance aussitôt pour venger mon injure,
Et vole sur leurs pas ; lorsque, d'une main sûre,
Un brutal inconnu, sans forme de procès,
Sans nul respect pour moi, m'applique deux soufflets :
Tu devines, mon cher, quelle en devient la suite.

GRIFFON.

Sans doute qu'à l'instant vous l'avez mis en fuite,
Et que tout glorieux de ce premier exploit….

PAR-PARENTHÈSE, *l'interrompant.*

Regarde donc ma joue : elle a grossi d'un doigt.

GRIFFON.

O douleur !

PAR-PARENTHÈSE.

C'est ainsi que payant nos services
Le peuple bien souvent nous comble d'injustices ;
Mais d'un trait aussi noir je saurai me venger :
Si j'en trouve l'auteur….., je le fais fustiger.

GRIFFON.

C'est bien dit.

PAR-PARENTHÈSE.

Revenons à l'ânesse chérie.
Tout entier au danger qui menace sa vie,
Le coup que j'ai reçu ne saurait m'arrêter ;
La publique fureur ne peut m'épouvanter ;
J'en deviens plus ardent à venger l'innocence,
Quand le Maire paraît ; aussitôt sa présence
Et celle des consuls arrête le combat,
Et l'ânesse se sauve à travers le Sénat.

GRIFFON.

Tant mieux !

PAR-PARENTHÈSE.

Je crains encor: le peuple est indomptable,
Inconstant et cruel, souvent inexorable,
Il se fait obéir, il faut tous lui céder.
A l'équité tremblante on l'a vu commander;
Libre dans sa fureur, il savoure le crime.
Puisse mon cher baudet n'être pas sa victime !

GRIFFON.

Le Maire et les consuls sont jaloux de leurs droits,
Ils feront bien rentrer les mutins sous leurs toits ;
Cela n'est rien enfin, j'ai bien une autre crainte.

PAR-PARENTHÈSE.

Explique-toi, mon cher, parle-moi sans contrainte;
Tu te montras toujours de mes meilleurs amis.

GRIFFON.

De par le Maire, moi, greffier, je suis commis
Pour mander votre ânesse en la maison commune ;
Mais comme votre honneur s'attache à sa fortune
(De l'ânesse s'entend), j'ai cru ne pas devoir
M'acquitter près de vous de ce triste devoir.
Je savais à quel point c'eût été vous déplaire;
Par vous-même voyez ce qu'il convient de faire.

PAR-PARENTHÈSE.

Cher Griffon, ton bon cœur ne se dément jamais,
Et cet attachement augmente désormais
L'estime que pour toi j'ai déjà fait paraître;
A des traits aussi beaux l'on doit te reconnaître.
De mon baudet, Griffon, sois le digne soutien ;
Et pour mieux te prouver, comme tu dis fort bien,
Que de son sort dépend l'honneur de la famille,

Sauve l'ânesse, ami, je t'accorde ma fille.
Tu n'as pu résister à ses puissans appas ;
Ma Du-hasard te plaît : eh bien ! tu l'obtiendras,
Il me tarde déjà de t'appeler mon gendre.

GRIFFON, niaisement.

Ah ! Monsieur, que j'aurai de grâces à vous rendre !

PAR-PARENTHÈSE,

Ne perdons pas, ami, le temps en vains discours ;
On doit aux malheureux donner de prompts secours,
Auprès de mon ânesse il faut une compagne :
J'y vais. Pour toi, mon cher, que le ciel t'accompagne,
Et puisse t'inspirer quelqu'illustre projet ,
Qui t'assure ma fille en sauvant mon baudet.
Adieu,
                                         (Il sort),

SCÈNE VI,

GRIFFON seul,

    L'espoir enfin vient ranimer ma flamme ;
Je puis donc à la joie abandonner mon âme.
Mon triomphe en effet peut-il être plus beau ?
Mon importun rival, l'orgueilleux Brouillonneau,
Pourra chercher ailleurs....., mais fuyons sa présence,

SCÈNE VII.

GRIFFON , BROUILLONNEAU,

BROUILLONNEAU l'arrétant.

Recevez mon salut.

GRIFFON.

Et vous ma révérence,

BROUILLONNEAU.

Daignez me confirmer cet étonnant malheur,
Dont on m'a soutenu qu'une ânesse est l'auteur.
Je n'ose croire encore à si grande merveille.

GRIFFON, *avec ironie.*

En effet, peut-on voir gourmandise pareille ?
Un âne boire un astre au milieu d'un ruisseau !

BROUILLONNEAU.

Cela m'étonne fort.

GRIFFON, *avec ironie.*

C'eût été bien plus beau,
Si, voulant contenter son appétit extrême,
Dans son accès glouton il s'était bu lui-même.

BROUILLONNEAU.

(*A part.*)
Notre greffier, je crois, veut se moquer de nous.
(*Haut à Griffon.*)
A propos d'âne, ami, comment vous portez-vous ?

GRIFFON.

Cela va bien, confrère. Or sus, je vous souhaite
Le bonjour, et je pars.

BROUILLONNEAU.

Et moi, je vous arrête ;
Car votre ton m'annonce un secret.

GRIFFON.

Au revoir.

BROUILLONNEAU.

Vous avez un secret et je veux le savoir....
J'écoute donc, parlez.

GRIFFON.

Je n'ai rien à vous dire :
Voilà tout le secret dont je puis vous instruire.

BROUILLONNEAU.

Un tel mensonge, ami, ne peut me contenter.
Je sais qu'à Du-hasard vous voulez en conter.
Mais le plus âne, ici, n'est pas celui qu'on pense.

GRIFFON.

Pour mieux vous le prouver, je pars en diligence.

SCÈNE VIII.

BROUILLONNEAU, DU-HASARD.

BROUILLONNEAU *seul.*

Est-ce Griffon qui parle ? Et suis-je Brouillonneau ?
Moi, clerc si renommé chez la gent du barreau ?

(*Apercevant Du-hasard qui arrive.*)

Ah ! viens ma Du-hasard ; rends le calme à mon âme,
Jure-moi qu'à jamais tu partages ma flamme,
Et n'aimes que moi seul.

DU-HASARD.

Va, ne sois point jaloux.
Mon père veut en vain Griffon pour mon époux.
Tu connais, m'a-t-il dit, ce greffier estimable
Qui remplit tout Lunel de son nom respectable ;
Qui, de tous les procès dont il vend les papiers,
Sait se faire une rente auprès des épiciers ;

Qui, comme mon ânesse, en tous lieux m'accompagne,
Et m'aide bien souvent à battre la campagne ;
Au greffe, au cabinet personnage important :
Il sera ton époux. — Je réponds à l'instant,
Que jamais à ce nœud je ne saurais souscrire :
Je l'ai promis, dit-il, cela doit te suffire.
— Je pleurais.... Aussitôt il s'approche de moi,
Plein d'un air courroucé qui me glace d'effroi.
Obéis, me dit-il d'un ton dur et sévère,
Fille ingrate, obéis, ou tu n'as plus de père.
Il me quitte à ces mots ; je vole sur ses pas ;
Mais en vain je l'appelle, il ne me répond pas.
Ce n'est plus qu'en toi seul que j'ai quelque espérance ;
Tu peux encor, tu peux gagner sa confiance,
Va le voir, mon ami, tâche de le fléchir !
Quoiqu'il soit dur, parfois il se laisse attendrir.
Vante bien ses talens ; parle-lui de l'ânesse ;
C'est le plus sûr moyen d'émouvoir sa tendresse :
Tu sais que par son sort il décide du mien.

BROUILLONNEAU.

Quel caprice étonnant ! quel étrange entretien !
Tu m'aimes, je le crois ; cependant, inhumaine,
Pour un chétif baudet tu redoubles ma peine !
Mais je te le prédis ; ne t'y trompe donc pas :
Il te faut m'épouser ou causer son trépas.
Car ton père, en m'ôtant l'objet de ma tendresse,
Suscite un ennemi terrible à son ânesse,
Et qui, joignant l'affront à ceux des Lunellois,
Demandera sa mort par l'organe des lois.
Ce qu'en malheurs Hélène attira sur la Grèce,
Lunel peut l'éprouver, si je perds ma maîtresse,

Et Troye aura moins vu de feux la consumer,
Que pour te conquérir je n'en vais allumer.

SCÈNE IX.

Du-hasard *seule.*

Le cruel ! il me fuit....! Loin de m'être propice,
Mon amant m'abandonne au bord du précipice !
Tout semble contre moi conspirer aujourd'hui :
Mon père va paraître.... et l'ânesse avec lui !
De quel œil, contemplant son oreille abattue,
Pourrai-je soutenir ses braîmens et sa vue ?
Et ce qui vient encor accroître mon tourment,
Je perdrai mon baudet..., peut-être mon amant !
Il faut, hélas ! il faut, pour combler ma disgrace,
Que la Lune ait voulu choisir une autre place,
Et qu'elle ait préféré Lunel au firmament.
Pouvait-on soupçonner un caprice aussi grand ?
Mais que vois-je ?... Griffon !   (*Elle va pour sortir.*)

SCÈNE X.

GRIFFON, DU-HASARD.

Griffon, *arrêtant Du-hasard.*

Vous ignorez peut-être
Que pour moi du bonheur l'aurore vient de naître ;
Que Griffon va bientôt devenir votre époux.
Un père m'a flatté de cet espoir si doux ;
Charmante Du-hasard, confirmez-le vous-même.

DU-HASARD.

Monsieur, je ne puis croire à cet honneur extrême.

GRIFFON.

Je venais cependant vous le dire tout bas.
Vous détournez les yeux ;...... vous ne m'écoutez pas ;.....
Cruelle ! si je vais dans un bois solitaire,
Ne vous y trouvant pas, je ne sais plus que faire.
Si je reviens en ville, à peine y suis-je entré,
Que, d'un mortel souci mon cœur est dévoré ;
Et, lorsqu'à vos côtés, ingrate, je soupire,
Je voudrais vous parler,.... mais je ne sais que dire.
Même dans le conseil, où m'appellent mes droits,
Je songe à vous encore en dressant mes exploits.
Votre image me suit dans la maison commune ;
Ma plume, mes papiers, mes plaids, tout m'importune ;
De mes gémissemens le greffe retentit ;
Et le jour est pour moi plus sombre que la nuit.
Mais pourrai-je espérer qu'une ardeur aussi tendre ?....

(Il se jette à ses genoux.)

DU-HASARD, avec une dignité comique.

Adieu..... par ce mot seul vous devez me comprendre.

(Elle sort.)

GRIFFON seul, à genoux.

Oui, je comprends fort bien : ce discours enchanteur
Décèle adroitement le choix que fait son cœur.

(Se relevant.)

On vient.... C'est mon rival ! Évitons sa présence.
Il vaut mieux du baudet méditer la défense. (Il sort.)

SCÈNE XI.

BROUILLONNEAU, PAR-PARENTHÈSE.

BROUILLONNEAU.

Un bruit assez étrange a couru dans Lunel.
On dit, et j'en ressens un déplaisir mortel,
Que, sans vous informer de l'objet qui m'enflamme,
Votre fille à Griffon est promise pour femme.
On dit que, méprisant l'appui de ma valeur ,
Vous l'avez en secret flatté de cet honneur,
En préparant l'hymen trop funeste à ma gloire.
Qu'en dites-vous, Monsieur ? que me faut-il en croire ?

PAR-PARENTHÈSE.

Monsieur, je ne dis pas toujours ce que je fais.
Lunel ignore encor le but de mes projets.
Quand il en sera temps, on pourra vous apprendre
Quel est celui, Monsieur, que je choisis pour gendre.

BROUILLONNEAU.

Ah ! je sais trop celui que vous vous réservez.

PAR-PARENTHÈSE.

Pourquoi le demander, puisque vous le savez ?

BROUILLONNEAU.

Pourquoi je le demande ? ô ciel! est-il possible
Qu'on ose des projets tramer le plus horrible !
Pensez-vous que, sachant votre indigne projet,
A le voir s'accomplir je consente en benêt?

PAR-PARENTHÈSE.

Mais vous, qui m'insultez par tant de hardiesse,
Oubliez-vous qu'il faut que je sauve l'ânesse?

BROUILLONNEAU.

Oubliez-vous aussi que je puis la servir ?

PAR-PARENTHÈSE.

Et qui, pour la défendre, a donc pu vous choisir ?

BROUILLONNEAU.

Qui? moi, Monsieur.

PAR-PARENTHÈSE.

Vous ?

BROUILLONNEAU.

Moi, qui veux bien condescendre
À prendre son parti..... si je suis votre gendre.

PAR-PARENTHÈSE.

Vous! qui, dans vos fureurs toujours plus emporté,
Excitez dans Lunel le peuple révolté ?
Vous! qui, comptant pour rien l'honneur de ma famille,
Attirez le malheur sur l'ânesse et ma fille ?
Allez, à vos fureurs donnez un libre cours.

BROUILLONNEAU.

Est-ce à moi que s'adresse un semblable discours ?
Moi, je rends malheureux l'objet de ma tendresse !
Et j'excite le peuple à frapper votre ânesse !
Qui supporte un affront est digne de mépris.
Vous semblez dédaigner ce que j'eusse entrepris.
Eh ! que me fait à moi que l'ânesse périsse ?
Que le conseil l'absolve, ou bien qu'il la punisse?

Suis-je son héritier ? dois-je obtenir l'ânon ?
Serait-ce là le but de mon ambition ?
Ingrat , vous le savez : c'est Du-hasard que j'aime ;
Je ne veux qu'un seul prix : ce prix , c'est elle-même.
Je n'ajoute qu'un mot , c'est à vous de l'ouïr :
Plutôt que de la perdre, on me verra mourir.....
Avant d'en venir là , vous pensez bien peut-être ,
Que je me montrerai tel que je dois paraître.
Pour servir sa maîtresse il faut tout affronter ;
La palme est glorieuse , il faut la mériter.
Le conseil est mandé ; je le vois qui s'avance,....
Loin de m'en rapporter à la froide éloquence ,
Sur des moyens plus grands j'ose appuyer mes vœux ;
La victoire toujours suit le plus valeureux.

(Il sort.)

SCÈNE XII.

**LE MAIRE , GRIFFON , PAR - PARENTHÈSE ,
PINTADE , BACHARA , SAPIENCE , BRID'ANON,
PARAGRAPHE.**

LE MAIRE.

Griffon , que la coupable en ces lieux comparaisse ;
Allez , et dans l'instant amenez-nous l'ânesse.

GRIFFON.

Il suffit ; mais voici notre cher procureur,

LE MAIRE.

C'est égal , n'est-ce pas.

SAPIENCE.

Je le crois,

PINTADE.

Non , Monsieur :
Son ânesse en personne ici doit comparaître.

PAR-PARENTHÈSE.

L'incident est nouveau ; je la vaux bien , peut-être :
Oui , Messieurs , j'ai le droit de la représenter.
J'ai lu dans vingt auteurs..... faut-il vous les citer ?

LE MAIRE.

Non ; nous compatissons au chagrin qui vous presse.
(*Il écrit.*)
« Donnons acte au syndic qu'il remplace l'ânesse. »
(*A Par-parenthèse.*)
Pintade , commencez ; et vous , vous répondrez.
(*Chacun prend sa place.*)

PINTADE.

Messieurs , j'ose espérer que vous m'écouterez
Avec cet intérêt que demande ma cause ,
Et qu'un juste devoir aujourd'hui vous impose.

PAR-PARENTHÈSE.

A quoi bon cet exorde ? on le dirait vraiment
Copié sur celui de maître Petit-Jean ,
Qui commence le sien en partant du déluge.

PINTADE.

Je ne m'égare point ; que le conseil en juge.
Mais je vois clairement que par votre caquet
Vous voulez empêcher que je ne vienne au fait.

PAR-PARENTHÈSE.

Eh bien ! Monsieur , parlez ; quoique , par parenthèse ,
J'eusse droit avant vous.

LE MAIRE.

Sur ce, que l'on se taise,

(*A Pintade.*)

Continuez.

PINTADE.

Je vais , puisque j'y suis forcé ,
Vous peindre de la nuit le grand astre éclipsé.
Qu'ai-je dit, éclipsé ! la Lune est égarée....
Ce serait encor peu ; la Lune est dévorée !
Elle n'existe plus ! Eh ! quel est son tombeau ?...
Une ânesse , Messieurs , n'en a fait qu'un morceau ! !
Que va dire la France , et l'Europe obscurcie ?
Que diront l'Amérique et l'Afrique et l'Asie ,
Lorsqu'on verra la nuit , sans Lune et sans éclat ,
Annoncer aux humains un si noir attentat ?
Certes , nul ne pensait qu'un animal impie
Dût porter sur la Lune une dent ennemie ,
Vous pourriez pardonner le plus grand des forfaits !
Et , de tout l'univers méprisant les regrets ,
Ou , tremblant à l'aspect d'un juste asinicide ,
Vous ne frapperiez pas le baudet lunicide !....
Et la nuit , cependant , pour sortir des maisons ,
Les savans et les sots vont marcher à tâtons ;....
Mais ne dussions-nous pas souffrir de l'aventure ,
Songeons , Messieurs , songeons au deuil de la Nature.

PAR-PARENTHÈSE.

Je ne veux point ici disconvenir du fait.
Mais , où trouvez-vous donc l'audace et le forfait ?
Mon ânesse buvait ; et l'on peut bien , je pense ,
Dans un ruisseau public boire en toute assurance ,

Mon ânesse buvait.... et ne buvez-vous pas ?
(Un âne boit au moins une fois par repas.)
Elle trouve un ruisseau, dont l'onde transparente
L'invite à satisfaire une soif dévorante ;
Elle approche, elle boit ; dans son large gosier
La Lune disparaît........ Je vous entends crier :
Il la faut immoler, il faut une victime....
Eh ! quoi donc ! le malheur fut-il jamais un crime ?
D'ailleurs, elle rendra, Messieurs, sous peu de temps,
Sinon la Lune entière, au moins quelques croissans.

PINTADE.

Ce discours, chez les Turcs pourrait-faire fortune ;
En croissans vous pourriez les payer de la Lune ;
Mais cet échange, enfin, si nous le consentions,
Serait-il approuvé des autres nations ?
Ah ! vous verriez bientôt, de ce troc avertie,
La terre s'enflammer et nous prendre à partie ;
Il est donc très-instant....

LE MAIRE.

Peste ! c'est sérieux.
Il faut venger la Lune, il faut la rendre aux cieux.

PAR-PARENTHÈSE.

Épargnez cet arrêt à mon âme attendrie.
Daignez vous rappeler qu'à ma chère patrie
J'ai consacré toujours, et c'est en dire assez,
Tous les heureux talens que vous me connaissez.
Contemplez la douleur dont mon âme est saisie ;
Peignez-vous.... Périclès, défenseur d'Aspasie.
Périclès !... il toucha les fiers Athéniens !
Ai-je moins fait que lui pour mes concitoyens ?

Oui , daignez comparer cet enfant de la Grèce
Plaidant pour Aspasie , et moi pour mon ânesse.
S'il servit sa patrie , il en reçut le prix ;
Et vous , plus que des Grecs , serez-vous endurcis ?

PINTADE.

Si vous avez servi , payons votre service ;
Si l'ânesse a failli , que sur elle on sévisse.
D'ailleurs , qu'avez-vous fait ? des assignations ,
Des contraintes par corps , de longues motions ,
Quelques procès-verbaux des faits de la commune ;
Mais avez-vous jamais servi comme la Lune ?
Comme elle chaque jour , fidèle à vos devoirs ,
Avez-vous de la nuit blanchi les voiles noirs ?
Et , de l'astre du jour empruntant la lumière ,
Comme elle , par quartiers , rempli votre carrière ?
S'il faut répondre enfin à des bienfaits rendus ,
De la Lune , ou de vous , qui mérite le plus ?
J'ai sommé le conseil au nom de la justice.
Souffrir un tel forfait , c'est s'en rendre complice.
Plus le crime est nouveau , plus doit le jugement
Imposer au coupable un juste châtiment.
Qu'elle meure !

PAR-PARENTHÈSE.

Arrêtez , voyez couler mes larmes.
Laissez-vous attendrir par mes justes alarmes:
Cette ânesse.... Elle est mère ! Et son petit ânon
Sollicite , par moi , votre compassion ;
Vous dit , en brétayant ; (car , trop petit pour braire ,
S'il brétaye aujourd'hui , c'est tout ce qu'il peut faire) ;
Il vous dit donc , Messieurs : « Hélas ! c'en est donc fait ;
« Vous allez m'enlever et ma mère et mon lait.

« En vain j'alongerai mes lèvres innocentes
« Pour presser de son sein les sources bienfaisantes ;
« Elle ne pourra point au plus cher des ânons
« Apprendre à folâtrer sur de naissans gazons. »
Prenez pitié, Messieurs, de ma douleur amère ;
Accordez à l'enfant la grâce de la mère.
Les dieux sont irrités..... Rien n'apaise les dieux,
Comme de compatir au sort des malheureux.

PINTADE.

Défiez-vous, Messieurs, d'un sentiment trop tendre.
Un juge prévarique en se laissant surprendre ;
Et souvent un excès de sensibilité
Étouffe dans le cœur la voix de l'équité.
L'adversaire, après tout, ne dément pas le crime ;
Et, quand le crime existe, il faut une victime.
Si pourtant la faveur pouvait rien aujourd'hui,
Qu'on lui laisse le choix entre l'ânesse et lui.

PAR-PARENTHÈSE.

Que parle-t-on de crime ? où donc est la coupable ?
Si la Lune a péri, la Lune est condamnable ;
Car la place, Messieurs, de cet astre imprudent,
Au lieu d'être dans l'onde, était au firmament.

PINTADE.

Eh ! qui pourrait compter être exempt de disgraces,
Si l'on buvait tous ceux qui sont hors de leurs places !

LE MAIRE.

Suffit ; retirez-vous : c'est trop long-temps plaider.
Le conseil est instruit, et prêt à décider.

(Pintade et Par-parenthèse se retirent.)

SCÈNE XIII.

LE MAIRE, GRIFFON, PARAGRAPHE, SAPIENCE, BACHARA, BRID'ANON.

LE MAIRE.

Il faut s'armer ici du glaive redoutable
Que Thémis nous livra pour punir le coupable.
Quelle peine, Messieurs, lui doit-on infliger ?

GRIFFON.

Je pense qu'il convient de la faire purger.

BRID'ANON.

Quoi ! purger ! De Thémis nous avons la balance ;
Rhubarbe ni séné ne l'empliront, je pense.
Mais pesons l'intérêt de l'entier univers,
Et l'ânesse avec lui, la lune et ses revers ;
Punissons la coupable ; et, pour venger la terre,
Il faut, c'est bien le moins, qu'on la mette en galère ;
Qu'elle serve d'exemple à l'être audacieux
Qui voudrait avaler le grand astre des cieux.

PARAGRAPHE.

Votre discours, Monsieur, de colère m'enflamme ;
Contre un tel châtiment le droit des gens réclame.
Est-ce punir l'auteur d'un semblable forfait
Que de le condamner à traîner le boulet ?
Ce n'est que par le sang qu'on punit un tel crime.
Oui, le ciel irrité demande une victime ;
Car, Brid'ânon l'a dit, quelque délit pareil
Pourrait, un beau matin, nous priver du soleil.
Qu'elle meure, Messieurs !

BACHARA.

      Oui, Messieurs, qu'elle meure !

SAPIENCE.

Je suis de cet avis.

BRID'ANON.

Eh bien ! à la bonne heure.

GRIFFON.

La mort devrait punir ce forfait éclatant ;
Mais je suis attendri sur le sort de l'enfant.

LE MAIRE.

Il est juste pourtant que l'ânesse périsse.

GRIFFON *avec âme.*

Et son ânon ?

SAPIENCE.

Eh bien, qu'il soit mis en nourrice !

BRID'ANON.

Le moyen est fort bon.

BACHARA.

Du moins il le paraît.

LE MAIRE.

Puisque c'est votre avis, je vais dicter l'arrêt.

A Griffon.

Écrivez donc, greffier : « Aujourd'hui, le vingtième... »

GRIFFON *l'interrompant.*

Vous vous trompez ; du mois ce n'est pas le quantième.

LE MAIRE.

Sur de semblables riens pourquoi vous arrêter ?

Très-aisément, au reste, on peut vous contenter :
Donnez-moi l'almanach.

(Il ouvre au hasard l'almanach , et le consulte
avec beaucoup d'attention.)

O ciel ! est-il possible !

GRIFFON.

Qu'est-ce ?

LE MAIRE.

Sur mon honneur, ceci devient risible :
Cet astre au front d'argent , qu'un ignoble animal ,
Par lui-même incapable et de bien et de mal ,
Aurait pu dévorer dans un accès vorace ;
Ce soleil de la nuit, à la blanche surface ;
Et dont l'absence aux cieux cause un si grand procès...
Vous pourrez l'y revoir dans une heure, à peu près.

Tous.

Comment ?

LE MAIRE.

De tout cela j'ai trouvé le mystère ;
Écoutez. Comme moi , vous rirez , je l'espère.

(Il lit dans l'almanach.)

« Le..... du mois...... de l'an de grâce , etc. , *Éclipse*
«*totale de Lune., visible à Paris et dans toute la France.* »

GRIFFON.

L'almanach , je l'avoue , est un livre excellent.

LE MAIRE *riant.*

Ainsi, vous le voyez, ce fait si surprenant ,
Ne se trouve à la fin qu'une Éclipse de Lune.

BRID'ANON.

Que de discours perdus dans la maison commune !

GRIFFON.

Le temps presse, Messieurs, prévenons un malheur ;
Il faut sauver l'ânesse ensemble et notre honneur.
Tout ce que nous disons, c'est pures fariboles ;
Sans discuter ici comme on fait aux écoles,
J'y cours !

LE MAIRE.

Allez, Griffon ; en moderne César,
Pour délivrer l'ânesse, affrontez le hasard.

(*Griffon sort.*)

SCENE XIV.

LE MAIRE, BRID'ANON, PARAGRAPHE, SAPIENCE, BACHARA.

LE MAIRE.

Pour nous, tandis qu'il sort, rendons notre sentence.
(*Il écrit.*)
« Attendu que nous tous, guidés par la science,
« Nous avons découvert que la Lune existait,
« Mais qu'un corps étranger aujourd'hui l'éclipsait ;
« Et que, non compétens sur ladite matière,
« Nous ne saurions juger nulle Éclipse sur terre.... »

SAPIENCE *l'interrompant.*

Une Éclipse, fort bien ; mais qu'est-ce que cela ?

LE MAIRE.

Comment, votre savoir ne va pas jusque-là ?
Vous allez donc encor à l'école primaire ?

Une Éclipse de Lune a lieu, lorsque la terre
Passe entre le soleil et cet astre.

SAPIENCE sur un ton peu persuasif.

J'entends.

LE MAIRE avec orgueil.

Je savais tout cela dès l'âge de deux ans.

(Il se remet à écrire.)

« Le baudet sera donc réputé non coupable,
« Et par tous nos consuls reconduit dans l'étable. »
Ainsi, partez, Messieurs; moi, j'attends le greffier,
Pour lui faire coucher l'arrêt sur son cahier.

(Les consuls vont pour sortir.)

SCÈNE XV.

Les précédens, PAR-PARENTHÈSE.

PAR-PARENTHÈSE.

Enfin, il est donc vrai, juges impitoyables,
Mon ânesse subit ses destins déplorables !
Elle meurt ! et c'est vous qui me l'assassinez ;
Vous, à la protéger par le ciel destinés !

LE MAIRE.

Parbleu ! j'en suis fâché ; car, par notre sentence,
Nous avons de l'ânesse établi l'innocence.

PAR-PARENTHÈSE.

Que m'importe cela ? mais, après ce malheur,
Que me restera-t-il ?

LE MAIRE.

Il vous reste l'honneur.

PAR-PARENTHÈSE.

Faible soulagement à ma douleur extrême !
L'honneur compense-t-il la mort de ce qu'on aime ?
Vous êtes attendris ! vous plaignez mon malheur !
Le peuple cependant se livre à sa fureur.
Sous ses coups redoublés l'innocence succombe ;
Et c'est vous tous, Messieurs, qui lui creusez sa tombe.
Craignez, lâches consuls, qu'un jour le ciel vengeur
Ne fasse, sur vous tous, retomber mon malheur ;
Craignez que cet ânon, que le peuple en furie
A privé pour jamais d'une mère chérie ;
Craignez, dis-je, qu'un jour devenant *âne fait*,
Il n'obtienne raison d'un aussi noir forfait ;
Que, sans aucun respect pour le futur trompette,
Aux coins des carrefours il ne lui tienne tête ;
Qu'il ne rue au consul passant sur son chemin,
Et n'éclabousse ainsi vos robes de londrin.
Il ne trompera pas ma plus juste espérance ;
Je saurai l'animer des feux de la vengeance ;
Oui, l'ânon vengera ce forfait odieux....
C'est ainsi qu'en partant je vous fais mes adieux.

(*Il va pour sortir.*)

SCÈNE XVI.

Les précédens, Mlle DU-HASARD.

Mlle Du-Hasard, *accourant à son père.*

Arrêtez ;.... votre ânesse....

PAR-PARENTHÈSE.

Ah ! que viens-tu m'apprendre ?

Elle meurt ?....

Mlle Du-hasard.

Non, le ciel a voulu vous la rendre :
Elle vit.

Par-parnthèse.

Mon ânesse ! ai-je bien entendu ?
Quoi ! ma fille, elle vit ! je demeure éperdu.
Lorsque dans les enfers je la crois descendue,
Par quel miracle, ô ciel, me l'as tu donc rendue ?

Mlle Du-hasard.

Tout comme vous, mon père, en ce moment d'horreur,
Je n'attendais plus rien du secours d'un vengeur ;
Jamais jour n'a paru si mortel à la ville,
Quand, dans tous les quartiers, la discorde civile
De la rebellion a donné le signal.
Tout le peuple s'empresse, arrive au lieu fatal
Où bientôt du baudet, victime infortunée !
Les tigres vont finir la triste destinée ;
Déjà pour la frapper ils ont levé le bras,
Déjà les factieux proclament son trépas.

Par-parenthèse.

Hélas !

Mlle Du-hasard.

En cet instant, un jeune homme s'avance,
Terrible et respirant les feux de la vengeance ;
Il court ; c'est Brouillonneau !... je l'ai vu de mes yeux ;
Je l'ai vu qui frappait les plus audacieux :
Mais bientôt il saisit la bride de l'ânesse ;
Bientôt l'air retentit de ses cris d'alégresse.
Montant ladite ânesse alors, sans embarras,

Tel qu'un fier conquérant, il dirige ses pas
Jusqu'à votre maison ; il entre dans l'étable :
Là, dérobant l'ânesse à la foule coupable,
Il serre son licol au bois du râtelier
Et prodigue à la bête un soin hospitalier.
L'ânon vient le lécher dans sa reconnaissance.
Le peuple, cependant, se retire en silence,
Honteux d'avoir trouvé cette fois un vainqueur.
Brouillonneau, de l'ânesse enfin est le sauveur,
C'est lui qui vous la rend. — Mais le voici lui-même.

SCÈNE XVII.

Les précédens, BROUILLONNEAU.

Par-parenthèse.

O dieux ! il est donc vrai ! mon bonheur est extrême ;
Approche, mon ami. Tu m'as su conserver
Un bien que des ingrats ont voulu m'enlever,
Je ne l'espérais pas ; mais la reconnaissance
Va te donner le prix de ta belle vaillance.
Puisque m'a Du-hasard t'a fait don de son cœur,
Je veux bien en ce jour assurer ton bonheur :
Reçois de moi sa main. Oui, dans cette journée,
Heureux par la valeur, sois-le par l'hyménée ;
Mais j'aperçois Griffon : c'est un tiers bien fâcheux.

SCÈNE XVIII.

Les précédens, GRIFFON.

Griffon.

Vous voyez accourir un mortel bien heureux !
J'allais pour délivrer l'ânesse tant chérie,

Quand j'ai trouvé déjà mon attente remplie.
Le Lunellois se livre aux douceurs de la paix;
Les ânes n'auront plus à craindre désormais;
Et moi-même, assuré d'un sort non moins prospère,

(Montrant Du-hasard.)

Je vais bientôt m'unir à celle qui m'est chère.

PAR-PARENTHÈSE.

Tu te trompes, mon cher, car voilà son époux.

GRIFFON.

Qui ? Brouillonnaau ?

PAR-PARENTHÈSE.

Lui-même.

GRIFFON.

O ciel, que dites-vous ?

PAR-PARENTHÈSE.

Qu'un autre a, plus que toi, su montrer de prouesse.
Du-hasard appartient au sauveur de l'ânesse,
Et tous deux à jamais vont s'unir en ce jour.
Tu peux donc de ton cœur expulser ton amour.

GRIFFON en colère.

On ne m'abuse pas par des promesses vaines.
Tant qu'un reste de sang coulera dans mes veines....

BROUILLONNEAU lui secouant fortement le bras.

Il en coule fort peu, Monsieur l'olibrius,
Et si nous nous battions il n'en coulerait plus.

GRIFFON.

Eh bien, pour l'éviter, je vous cède la place,
Et vous ne me tuerez, Monsieur, qu'en contumace.

(Il s'enfuit.)

PAR-PARENTHÈSE *à Brouillonneau et à sa fille.*

Le poltron ! Quant à nous, il faut nous réjouir
Pour chasser de ce jour le triste souvenir.

(*Ils sortent.*)

SCÈNE XIX et dernière.

LE MAIRE, BRID'ANON, PARAGRAPHE, BACHARA, SAPIENCE.

LE MAIRE.

Messieurs , nous allions faire une lourde sottise ,
Gardons nos successeurs d'une telle méprise ;
Et, pour leur en laisser un souvenir frappant ,
A nos armes il faut ajouter un croissant.
Ce croissant instruira notre race future
Que ce fait n'est plus rien qu'une insigne imposture.

SAPIENCE.

C'est bien dit.

PARAGRAPHE.

Fort bien dit.

BRID'ANON.

On ne peut qu'approuver.

LE MAIRE *riant.*

Nous chargerons Griffon de le faire graver.

Au parterre.

Et vous, que ce procès a peut-être fait rire, -
N'allez pas contre nous exciter la satire ,
Sur-tout ne dites pas (ce serait une erreur),
Qu'on voit un vieux baudet dans notre jeune auteur.

FIN.

www.ingramcontent.com/pod-product-compliance
Ingram Content Group UK Ltd.
Pitfield, Milton Keynes, MK11 3LW, UK
UKHW022218070726
13613UKWH00004B/1748